PHANTASTISCHE TIERWESEN
UND WO SIE ZU FINDEN SIND™

DIE FILM-FIGUREN

PHANTASTISCHE TIERWESEN UND WO SIE ZU FINDEN SIND™

DIE FILM-FIGUREN

VON MICHAEL KOGGE

RAVENSBURGER BUCHVERLAG

FANTASTIC BEASTS

www.fantasticbeasts.com

Published in German by Ravensburger Buchverlag Otto Maier GmbH by arrangement with Scholastic Inc.
Übersetzt von Simone Wiemken

ISBN 978-3-473-40801-6

1 2 3 4 5 E D C B A

Deutsche Erstausgabe 2016
Book design by Rick DeMonico
www.ravensburger.de

INHALT

EINFÜHRUNG

Newt Scamander, der hervorragendste Magizoologe der Welt, ist fest davon überzeugt, dass magische Geschöpfe studiert und geschützt werden müssen. Newt hat das zu seiner Lebensaufgabe gemacht und bereist für seine Forschungen die ganze Welt.

Das Abenteuer beginnt, als Newt im Winter 1926 in New York ankommt, nur mit der Kleidung, die er am Körper trägt, und einem bescheidenen Lederkoffer. Es ist jedoch kein normaler Koffer – es ist das magische Zuhause einer fantastischen Ansammlung wilder Kreaturen!

Jacob Kowalski – der von den amerikanischen Zauberern als No-Maj bezeichnet wird, weil er keine magischen Fähigkeiten besitzt – trifft Newt in einer Bank. Nach einem Missverständnis kommt es zu einem Handgemenge zwischen Jacob und Newt und die beiden vertauschen aus Versehen ihre Koffer. Jacob erlebt eine große Überraschung, als er zu Hause Newts Koffer öffnet und unfreiwillig viele der geliebten Wesen des Magizoologen freilässt.

Zur gleichen Zeit wird New York von etwas Dunklem terrorisiert. Es zermalmt Autos, durchbricht Wände und zerstört Fensterscheiben. Manche No-Majs erklären diese Vorkommnisse mit Wetterkapriolen, aber andere ahnen die Wahrheit: Schwarze Magie treibt ihr Unwesen. Mary Lou Barebone, die Anführerin der Philanthropischen Gesellschaft von New Salem, ist überzeugt, dass finstere Hexerei am Werk ist. Sie will jeder Form von Magie mit einer Neuauflage der Hexenprozesse von Salem den Garaus machen.

Bei der Suche nach seinen Wesen bekommt Newt es nicht nur mit Jacob zu tun, sondern auch mit den Hexenschwestern Tina und Queenie Goldstein, die für den Magischen Kongress der Vereinigten Staaten von Amerika, kurz MACUSA, arbeiten. Der Kongress gibt Newts entfleuchten Kreaturen die Schuld an dem Chaos in der Stadt.

Newt versucht vergeblich, die Unschuld seiner Wesen zu beweisen. Er hat Verwüstungen dieser Art schon zuvor gesehen und vermutet, dass es sich um einen Obscurus handelt – eine dunkle gewalttätige Kraft, die entsteht, wenn ein Kind die magischen Fähigkeiten unterdrückt, mit denen es geboren wurde. Aber der Kongress hält einen Obscurus in New York für ausgeschlossen. In Nordamerika gab es schon seit über zweihundert Jahren keinen Obscurus mehr, denn seitdem praktizieren amerikanische Hexen und Zauberer im Verborgenen.

Wie kann Newt sich – und seine Geschöpfe – retten, wenn niemand die Wahrheit hören will?

NEWT SCAMANDER

ÜBERBLICK

NAME:

NEWTON („NEWT“) ARTEMIS FIDO SCAMANDER

BERUF:

MAGIZOOLOGE

SCHULBILDUNG:

HOGWARTS-SCHULE FÜR HEXEREI UND ZAUBEREI

GUTER BEOBACHTER

Als Wissenschaftler hat Newt einen Blick für ungewöhnliche Details, die andere übersehen. Newt will unbedingt alles über magische Geschöpfe in Erfahrung bringen. Er möchte sie beschützen und sein Wissen mit anderen teilen. Das bringt ihn jedoch oft in ernste Schwierigkeiten.

INTELLIGENT UND SCHWEIGSAM

Für Newt ist kein Problem zu kompliziert und keine Situation ausweglos. Sein brillanter Geist findet immer eine Lösung, auch wenn sie oft ziemlich abwegig ist. Er ist kein sehr gesprächiger Mann und verschwendet gewöhnlich keine Zeit damit, seine Gedankengänge oder Handlungen zu erklären – sehr zur Beunruhigung seines nervösen No-Maj-Begleiters Jacob Kowalski, der in Newts New Yorker Abenteuer verwickelt wird.

UNERSCHROCKENER FORSCHER

Ohne Furcht und etwas leichtsinnig marschiert – oder stolpert – Newt jeder Gefahr entgegen, vor allem, wenn es sich dabei um eine geheimnisvolle Spezies handelt. Die legendären Kreaturen, die Hexen, Zauberer und No-Majs gleichermaßen in Panik versetzen, faszinieren ihn. Er ist weit gereist, um sie zu studieren und zu katalogisieren.

KLEIDUNG & BESITZTÜMER

MANTEL

Das Markenzeichen von Newts Garderobe ist sein einreihiger pfauenblauer Mantel. Er ist figurbetont und reicht ihm bis zu den Knien.

ANZUG

Unter dem Mantel trägt Newt einen dunkelbraunen Anzug.

WESTE

Die Weste in einem dunklen Orange sorgt für einen Farbtupfer in Newts Outfit.

HEMD

Newt trägt ein elfenbeinfarbenes Hemd.

FLIEGE

Newts Fliege besteht aus imprägnierten Stoffstreifen.

STIEFEL

Newts wadenhohe Stiefel sind von seinen Reisen um die Welt verwittert und abgenutzt.

TASCHEN

Newts Jacken- und Manteltaschen enthalten unzählige Besitztümer.

Pickett ist ein Bowtruckle, ein zweigähnliches magisches Geschöpf, das hinter Newts Mantelkragen lebt. Pickett gibt vor, krank zu sein, weil er gern in Newts Nähe ist.

Der Böse Sturzfalter sieht aus wie ein kleiner, stacheliger grüner Kokon. Aber wenn man ihn wie einen Flitschstein wirft, entfaltet er sich zu einer atemberaubenden geflügelten Kreatur, ähnlich einem übergroßen Schmetterling.

Newt trägt auch Zaubertränke und Elixiere bei sich. Als Magizoologe muss er auf alles vorbereitet sein.

KLEIDUNG & BESITZTÜMER

SCHAL

Vor der New Yorker Kälte schützt sich Newt mit einem schwarzgelb gestreiften Wollschal. Es sind die Farben seines Hauses Hufflepuff in Hogwarts.

ZAUBERSTAB

Newts Exemplar ist naturbelassener als die meisten anderen Zauberstäbe; an einem Ende befindet sich noch ein Teil der ursprünglichen Baumrinde.

LEDERKOFFER

Wenn das Schloss auf „muggelgerecht“ steht, sind in Newts Koffer nur typische No-Maj-Dinge wie Kleidung, ein Wecker und ein Fernglas zu sehen. Doch ohne diese Einstellung findet man in dem Koffer die Lebensräume aller möglicher magischer Geschöpfe.

PHANTASTISCHE TIERWESEN UND WO SIE ZU FINDEN SIND

Newt hat ein Jahr in Äquatorialguinea verbracht und dort an seinem noch unvollendeten Buch gearbeitet. Es soll seine Leser über magische Kreaturen, ihre dringend notwendige Erhaltung und ihren Schutz informieren.

FIGHTING
MODERN
EVILS

PHILOSOPHIE

DER WAHRHEIT VERPFLICHTET

Auch wenn andere Hexen und Zauberer die Existenz einer bestimmten Kreatur bezweifeln, gibt Newt nicht auf, bis er sie gefunden hat. Dabei folgt er jedem noch so absurden Hinweis.

LEBEN IM HIER UND JETZT

Newt betrachtet die magischen Wesen nicht nur gerne, er ist auch fasziniert von ihrer Fähigkeit, im Hier und Jetzt zu leben. Er versucht ihrem Beispiel zu folgen, indem er jeden Moment genießt und sich nicht vor dem Tod fürchtet.

„MEINE PHILOSOPHIE: SICH SORGEN ZU MACHEN BEDEUTET, ZWEIMAL ZU LEIDEN.“

– Newt Scamander

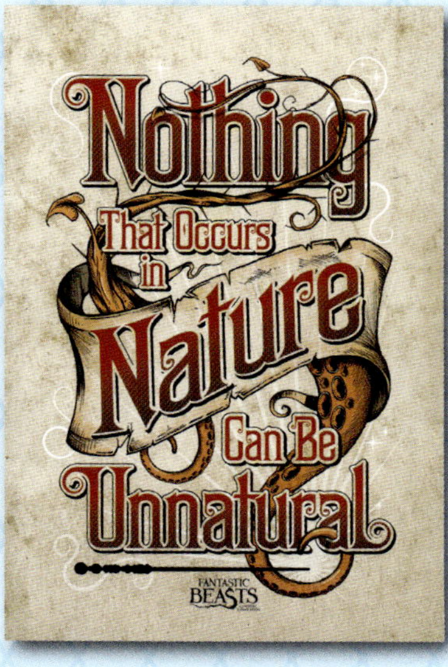

MAGIE

Als Magizoologe weiß Newt, wie man magische Kreaturen versorgt, er kennt sich aber auch sehr gut mit jeder Art von Zaubersprüchen aus.

ABERTO

Dieser Zauberspruch öffnet jede Tür. Auf der Jagd nach seinem entlaufenen Niffler, einem kleinen Wesen, das glänzende Dinge liebt, öffnet Newt mit diesem Spruch den Tresorraum der Steen National Bank.

ACCIO

Damit zaubert man eine Person, einen Ort oder einen Gegenstand herbei. Der Niffler will möglichst viel glänzende Beute zusammenzuraffen und entwischt Newt, der ihn in seine Hand zaubern möchte.

ECHOERKENNUNG

Dieser Zauber funktioniert wie ein Echolot. Newt benutzt die Echoerkennung, um seine verschwundenen Tiere aufzuspüren. Wenn die Echowellen auf eins seiner magischen Wesen treffen, kehrt das Signal zu Newt zurück und er weiß, dass er auf der richtigen Spur ist.

REPARO

Dieser Zauber repariert Dinge und bringt sie wieder in den Originalzustand. Mit diesem Spruch beseitigt Newt die Spuren des Nifflers und repariert die eingeschlagene Scheibe eines Juwelierladens im New Yorker Diamantenviertel.

STUPOR

Dieser Zauber lähmt eine oder mehrere Personen für kurze Zeit. Newt wendet diesen Zauber an, als er in den Tresorraum der Steen National Bank einbricht. Es funktioniert – die Wachen gehen zu Boden.

HINTERGRUND

KAMPFSPUREN

Newt räumt ein, dass er beim Umgang mit den magischen Kreaturen den einen oder anderen „Kratzer“ davongetragen hat.

DRACHENZÄHMER

Wie die meisten Briten seiner Generation hat auch Newt im Ersten Weltkrieg gekämpft. Er wurde vom Zaubereiministerium für eine hochgeheime Mission rekrutiert, bei der er sich mit Drachen, insbesondere Ukrainischen Eisenbäuchen, auseinandersetzen musste.

BEZIEHUNGEN

TINA GOLDSTEIN

Anfangs findet Newt die ehemalige MACUSA-Aurorin nur lästig, weil sie ihm vorwirft, das Internationale Geheimhaltungsstatut verletzt zu haben. Aber schon nach ein paar Tagen ist Tina zu einer mehr als guten Freundin für Newt geworden.

JACOB KOWALSKI

Nach ihrer zufälligen Begegnung in der Steen National Bank entwickelt sich zwischen Newt und dem polnischen No-Maj Jacob eine unerwartete Freundschaft. „Mr Kowalski“, wie Newt ihn manchmal nennt, erweist sich als große Hilfe beim Aufspüren der Kreaturen, die aus Newts Koffer entkommen sind.

ENTSCHEIDENDE MOMENTE

BIG APPLE

Bei der Zollabfertigung ahnt Newt noch nicht, welches Abenteuer ihn in New York erwartet.

SCHICKSALSSCHLAG

Als Newt den Niffler einfangen will, bekommt er mit Jacob Kowalski unerwünschte No-Maj-Gesellschaft. Noch bevor Newt Jacobs Erinnerung an die magischen Ereignisse löschen kann, greift sich Jacob Newts Koffer und schlägt ihn damit. Versehentlich macht sich Jacob mit Newts Koffer davon, in dem sich die faszinierenden Wesen des Magizoologen befinden.

ZU UNRECHT ANGEKLAGT

Newt wird vor die Internationale Zauberervereinigung gezerrt, um das Chaos zu erklären, das seit seiner Ankunft in New York ausgebrochen ist. Die Delegation glaubt, dass Newts magische Wesen für die schrecklichen Angriffe in der Stadt verantwortlich sind, aber Newt beteuert ihre Unschuld. MACUSA-Präsidentin Seraphina Picquery hält ihn jedoch für schuldig und glaubt, dass Tina seine Komplizin ist. Newt und Tina werden zu Graves geschickt, der sie zum Tode verurteilt.

LAUTER NEWT

Newt spricht zu seinen Tieren, als wären sie seine Familie, und tut im Zweifel alles, um ihre Aufmerksamkeit zu erregen. Den entlaufenen Erumpent, ein großes Biest mit dicker Haut und einem gefährlichen Horn, kann Newt nur wieder in die Sicherheit seines Koffers locken, indem er sich selbst wie ein Erumpent verhält und den Balztanz aufführt. Dazu muss er hin- und herrennen, mit den Füßen aufstampfen und aus vollem Halse brüllen.

TINA
GOLDSTEIN

ÜBERBLICK

NAME:
PORPENTINA („TINA“) GOLDSTEIN

BERUF:
MITARBEITERIN IM MACUSA-AMT FÜR ZAUBERSTABZULASSUNG (DAVOR AURORIN)

SCHULBILDUNG:
ILVERMORNY-SCHULE FÜR HEXEREI UND ZAUBEREI

IN NEW YORK ZU HAUSE

Tina kann sich in Menschenmengen bewegen, ohne von ihren New Yorker Mitbürgern bemerkt zu werden. Sie verbringt ihre Zeit mit der Verfolgung interessanter Fälle wie etwa den Zweiten Salemern, einer Anti-Zauberei-Bewegung, die der magischen Gemeinschaft viel Ärger macht.

KLEIDUNG & BESITZTÜMER

Tina sind die Modetrends, denen ihre Schwester Queenie stets folgt, vollkommen gleichgültig. Tina zieht an, was praktisch ist – und in ihrem Schrank hängt.

HUT

Tina trägt einen schlichten Glockenhut, dessen hochgebogene Krempe an den Seiten heruntergezogen ist und die Ohren bedeckt.

MANTEL

Der hochgestellte Kragen von Tinas übergroßem sturmgrauen Mantel schützt ihren Hals vor Kälte und verbirgt bei Bedarf ihr Gesicht.

JACKE

Ein grauer Zweireiher bildet eine weitere Schutzschicht gegen die Kälte.

BLUSE

Tinas weiße Bluse, die sie unter der Jacke trägt, ist unauffällig und nichts Besonderes – perfekt für eine Ermittlerin, die in der Menge untertauchen will.

KETTE

Tina trägt ein goldenes Medaillon an einer langen Kette um den Hals.

HOSE

Wie im New York der zwanziger Jahre üblich sitzt Tinas Hose locker.

SCHUHE

Dunkelbraune Lederschuhe mit weichen Sohlen dämpfen Tinas Schritte, wenn sie nicht auffallen darf.

PHILOSOPHIE

REGELN SIND ZUM BRECHEN DA

Obwohl Tina eigentlich großen Wert auf die Einhaltung von Regeln legt, kann sie sie für einen guten Zweck auch außer Acht lassen. Vom MACUSA wurde ihr das Ermitteln untersagt, aber Tina verfolgt weiterhin Kriminelle, als wäre sie immer noch Aurorin.

FEST ENTSCHLOSSEN

Wenn Tina sich etwas in den Kopf setzt, zieht sie es durch. Sie strebt immer nach der Wahrheit, auch wenn es gefährlich ist oder ihre Karriere bedroht.

GERECHTIGKEIT FÜR ALLE

Tina möchte den Frieden zwischen Magiern und No-Majs bewahren. Als Aurorin hat sie kleine und große Vergehen gegen das Internationale Geheimhaltungsstatut untersucht. Doch auch nach dem Verlust ihrer Stellung als Aurorin verachtet sie Zauberer wie Newt Scamander, die sich unverfroren über jedes Gesetz hinwegzusetzen scheinen.

„DAS IST EIN BRUCH DER SEKTION 3A DES GEHEIMHALTUNGSSTATUTS!“

–Tina Goldstein

SINNESWANDEL

Tina ist entsetzt, als sie Newt begegnet und von den Kreaturen in seinem Koffer erfährt. Doch nachdem sie Newt und seine Tiere kennengelernt hat, ändert sie ihre Meinung. Sie erkennt, wie wunderschön sie sind und dass sie unbedingt Hilfe brauchen.

MAGIE

Tina beherrscht viele Zaubersprüche, vor allem solche, die ihr bei ihren Nachforschungen helfen.

OBLIVIATE

Dieser Zauber löscht bestimmte Erinnerungen, zum Beispiel an magische Ereignisse, aus dem Kopf eines Menschen. Tina weist Newt zurecht, weil er Jacob Kowalskis Gedächtnis nicht gelöscht hat, nachdem der No-Maj Newt beim Zaubern beobachtet hat.

ZAUBERSTAB

Tina zaubert mit einem gewöhnlichen Zauberstab aus Holz, der zu ihrer geradlinigen Persönlichkeit passt.

HINTERGRUND

SCHWIERIGE KINDHEIT

Tina und Queenie haben schon in jungen Jahren ihre Eltern durch Drachenpocken verloren.

DEGRADIERT

Der Kongress hat Tina ihren Titel als Aurorin aberkannt und sie ins Amt für Zauberstabzulassung im Keller versetzt.

STURE ERMITTLERIN

Dass sie keine Aurorin mehr ist, hält Tina nicht davon ab, auch weiterhin die Philanthropische Gesellschaft von New Salem zu überwachen. Sie nimmt regelmäßig an deren Aufmärschen teil, obwohl sie angewiesen wurde, dies zu unterlassen.

ALARMSTUFE ROT

Abgesehen von ihrem Medaillon trägt Tina nur noch ein weiteres Schmuckstück – einen silbernen Admonitor-Armreif. Dieser magische Sensor leuchtet rot, wenn Gefahr droht.

BEZIEHUNGEN

QUEENIE GOLDSTEIN

Die beiden Goldstein-Schwestern könnten kaum unterschiedlicher sein, sind aber dennoch unzertrennlich. Da sie schon früh ihre Eltern verloren haben, hat Tina oft bei Queenie die Mutterrolle übernommen und die Autoritätsperson gespielt. Heutzutage ist das meistens umgekehrt.

NEWT SCAMANDER

Tina kennt Newt noch nicht lange, aber der junge Magizoologe hat großen Eindruck auf sie gemacht. Anfangs misstraut sie Newt und seiner laxen Einstellung gegenüber dem Gesetz. Doch dann lernt sie seine unkonventionellen Methoden zu schätzen und erkennt, dass er ein wesentlich anständigerer und mitfühlenderer Zauberer ist, als sie zunächst angenommen hat.

SERAPHINA PICQUERY

Die MACUSA-Präsidentin und Tina sind unterschiedlicher Auffassung was Tinas berufliches Verhalten angeht. Das hat dazu geführt, dass Tina ihre Stelle als Aurorin verloren hat. Tina glaubt, dass sie ihren alten Job zurückbekommen kann, wenn sie ihre Nützlichkeit für den Kongress unter Beweis stellt.

GNARLAK

Tina findet einen zweifelhaften Verbündeten in dem Kobold Gnarlak, dem Inhaber der Kneipe Zum blinden Schwein, wo sich das magische Volk trifft. Gnarlak versorgt Tina mit Informationen über New Yorks kriminellen magischen Untergrund – natürlich zu einem entsprechenden Preis.

FALL ABGESCHLOSSEN

Tina trägt Newts Fall der Internationalen Zauberervereinigung vor, die wegen des Chaos in der Stadt gerade tagt. Tina berichtet der Versammlung, dass die fantastischen Wesen, die in Newts Koffer untergebracht waren, entkommen sind und in der Stadt ihr Unwesen treiben. Seraphina befiehlt Tina, den Koffer zu öffnen, und Newt und Jacob tauchen in der großen Halle auf.

KAUFRAUSCH

Tina hilft Newt, einen Demiguise namens Dougal in einem großen Kaufhaus aufzuspüren. Die Suche gestaltet sich schwierig, weil sich das langhaarige affenartige Wesen unsichtbar machen kann.

ABSCHIED NEHMEN

Newt verlässt New York schließlich, um weiter an seinem Buch zu arbeiten. Vor dem Dampfer, der ihn nach Hause bringen wird, nehmen Newt und Tina zärtlich Abschied voneinander.

QUEENIE GOLDSTEIN

ÜBERBLICK

NAME:
QUEENIE GOLDSTEIN

BERUF:
MITARBEITERIN IM MACUSA-AMT FÜR ZAUBERSTABZULASSUNG

SCHULBILDUNG:
ILVERMORNY-SCHULE FÜR HEXEREI UND ZAUBEREI

ZU ALLEM BEREIT

Wenn Freunde oder Familienmitglieder in Gefahr sind, kann Queenie kühn, mutig und entschlossen sein.

KLEIDUNG & BESITZTÜMER

Queenie liebt modische Kleidung. Zu Hause trägt sie rosafarbene Nachthemden und Schlafanzüge, und wenn sie in der Stadt unterwegs ist, kleidet sie sich in einem eleganten Outfit in derselben Farbe.

MANTEL

In ihrem glamourösen roséfarbenen Seidenmantel, der mit bauschigen Aufschlägen und Bündchen versehen ist, erregt Queenie Aufsehen auf New Yorks Straßen. Der dazu passende Kragen unterstreicht ihr stylishes Auftreten.

SCHUHE

Queenie trägt stets modische High Heels – auch wenn sie gerade auf einer Mission ist.

ZAUBERSTAB

Queenies Zauberstab ist die perfekte Kombination aus Funktion und Eleganz: Er ist schwarz mit einem schimmernden Perlmuttgriff.

PHILOSOPHIE

FREIGEIST

Queenie genießt das Leben in vollen Zügen, hat aber auch Freude an einfachen Dingen wie Nähen und Kochen.

TRAUMTÄNZERIN

Queenie ist eine Träumerin, die sich gern mit aufregenden und schönen Dingen umgibt. Sie mag den tristen MACUSA-Keller nicht, in dem sie mit ihrer Schwester Tina arbeitet.

MODEBEWUSST

Queenie sammelt Modemagazine der Zaubererwelt und weiß stets, was angesagt ist und was nicht.

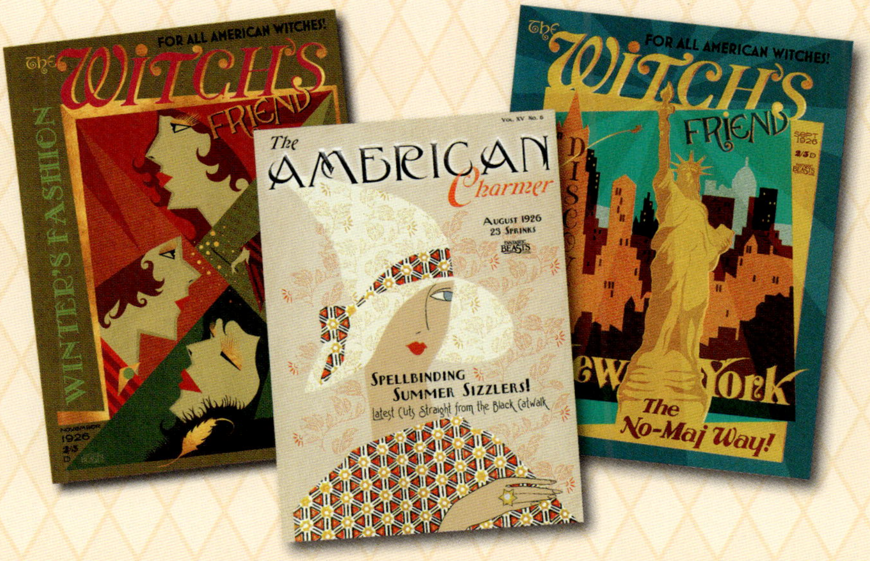

IMMER IM MITTELPUNKT

Queenie braucht keine Magie, um Hexen, Zauberer oder No-Majs zu verzaubern. Ihr Charme wirkt auf andere wie ein Magnet.

MAGIE

Queenie kennt viele Zaubersprüche, die ihr die lästige Hausarbeit abnehmen.

KOCHEN

Mit einem Wink ihres Zauberstabs kann Queenie Küchenschränke öffnen, den Tisch decken und eine leckere Mahlzeit zubereiten.

STARKE SCHWESTERNBANDE

Queenie kann Tinas Gedanken und Gefühle über weite Entfernungen spüren. Als Tina im MACUSA-Kerker auf ihre Hinrichtung wartet, fühlt Queenie ihre Verzweiflung. Sie folgt der Verbindung, um Tina zu retten.

NÄHEN

Durch Zauberei entsteht an Queenies Schneiderpuppe ein Kleidungsstück.

DIE JÜNGERE UND DIE ÄLTERE

Obwohl Queenie die jüngere Schwester ist, ermahnt sie Tina ständig, sich richtig zu ernähren. Außerdem warnt sie sie davor, die Zweiten Salemer weiterhin zu überwachen. Queenie will ihre Schwester immer beschützen.

LEGILIMENTOR

Queenie ist ein Legilimentor: Sie kann in die Köpfe anderer Leute sehen und ihre Gedanken lesen.

BEZIEHUNGEN

JACOB KOWALSKI

Jacob und Queenie sind grundverschieden, aber Queenie hat kein Problem damit, sich mit einem No-Maj anzufreunden, der ein gutes Herz und ehrliche Absichten hat.

TINA GOLDSTEIN

Tina und Queenie sind nicht nur Schwestern – sie sind auch beste Freundinnen, Arbeitskolleginnen und Mitbewohnerinnen. Auch wenn sie sich in vielerlei Hinsicht voneinander unterscheiden, respektieren sie die Begabungen der jeweils anderen.

MRS ESPOSITO

Die Vermieterin der Goldstein-Schwestern hat strikte Hausregeln verhängt. Bevor Tina Newt und Jacob mit in ihre Wohnung nimmt, warnt sie die beiden, dass ihre Vermieterin eigentlich keinen Männerbesuch erlaubt.

ABERNATHY

Der Abteilungsleiter des Amts für Zauberstabzulassung im MACUSA fragt Tina immer, wo Queenie schon wieder steckt. Im Gegensatz zu Tina ist Queenie ihre Karriere nicht so wichtig und sie versucht, so wenig Zeit wie möglich in ihrem Büro im Keller zu verbringen.

ENTSCHEIDENDE MOMENTE

ÜBERRASCHUNGSMENÜ

Queenie und Tina sind gute Gastgeberinnen und zaubern für sich und ihre Gäste blitzschnell ein köstliches Abendessen. Sie servieren sogar Strudel, Jacobs Leibspeise.

GEFÄNGNISAUSBRUCH

Queenies Legilimentor-Sinne verraten ihr, dass Tina im MACUSA in der Klemme sitzt. Sie schnappt sich ihren Zauberstab und stürmt ins Woolworth Building, um sie zu retten. Während sie auf der Suche nach ihrer Schwester ist, verhindert Queenie außerdem, dass Jacobs Gedächtnis gelöscht wird.

JACOB KOWALSKI

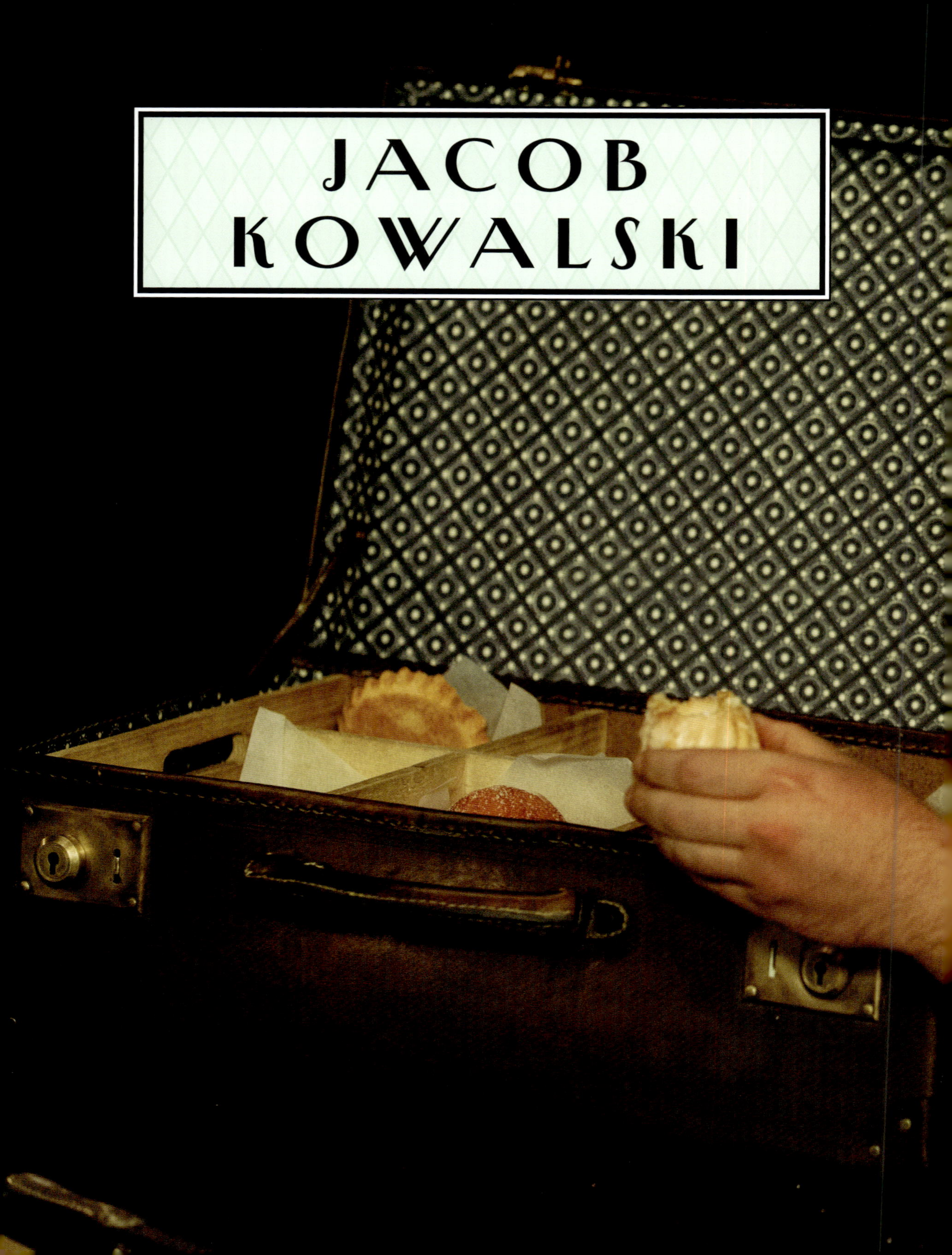

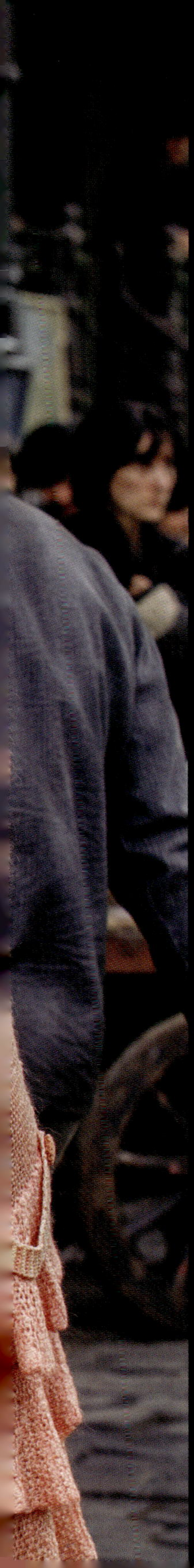

ÜBERBLICK

NAME:
JACOB KOWALSKI

BERUF:
ARBEITER IN EINER KONSERVENFABRIK/ ANGEHENDER BÄCKER

POLNISCHER PIONIER

Jacobs Familie stammt aus Polen. Er ist kürzlich von seinem Kriegseinsatz in Europa nach Amerika zurückgekehrt. Nun kann er es kaum erwarten, neue Abenteuer zu erleben und mit dem Verkauf von polnischem Gebäck ein reicher Mann zu werden.

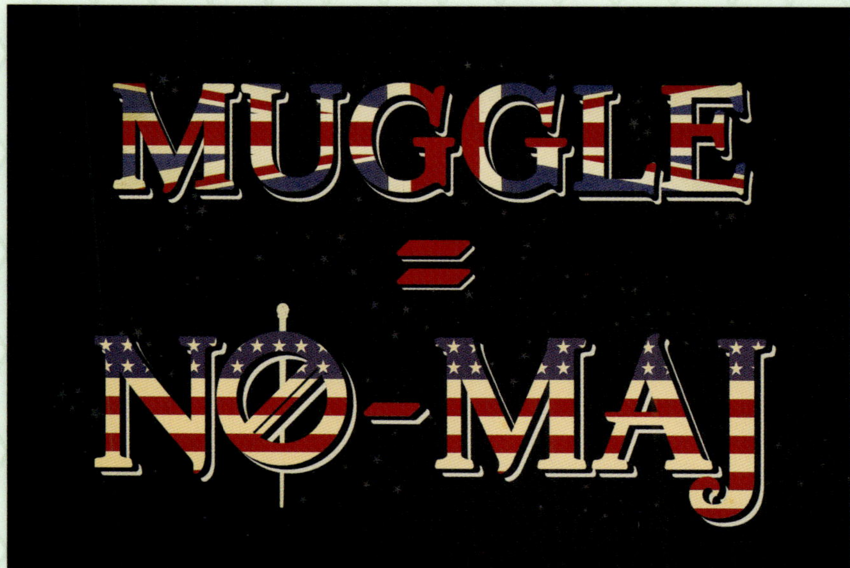

PRACTICAL
SILVER

KLEIDUNG & BESITZTÜMER

Jacobs Bauchumfang beweist, wie sehr er Backwaren liebt. Seine lockigen braunen Haare sind gegelt und gescheitelt und sein dünner Schnurrbart ist ordentlich getrimmt. In seinem schlecht sitzenden Anzug versucht Jacob, einen Kredit von der Steen National Bank zu bekommen.

JACKE

Seine klassische Wolljacke dient gleichzeitig als Jackett.

WESTE

Unter der dunklen Jacke trägt Jacob eine hellgraue Weste, deren Knöpfe abzuplatzen drohen.

HEMD

Das hellgrüne Hemd hebt sich von Mantel und Weste ab.

SILBERNES EI

Jacob trifft Newt in der Steen National Bank. Als Newt losstürmt, um seinen ausgerissenen Niffler einzufangen, fällt Jacob ein kleines silbernes Ei auf, das Newt zurückgelassen hat. Zu Jacobs Verblüffung vibriert es in seiner Hand, als ob etwas schlüpfen wolle.

KRAWATTE

Jacob trägt eine rote Krawatte mit Tupfen.

KOFFER

Jacob besitzt einen Lederkoffer, der äußerlich genauso aussieht wie der von Newt. In Jacobs Koffer befinden sich jedoch keine Kreaturen, sondern Backwaren, mit denen er den Bankmanager beeindrucken will.

HOSE

Seine weite, aber gut geschnittene Hose passt farblich zum Mantel.

SCHUHE

Polierte Lederschuhe vervollständigen Jacobs Outfit.

PHILOSOPHIE

DER AMERIKANISCHE TRAUM

Jacob möchte seinen Traum verwirklichen und Bäcker werden.

ALLES FRISCH

Doch die Umstände machen es Jacob schwer, seine Träume wahr werden zu lassen, sosehr er sich auch bemüht. Er hat einen miesen Job in einer Konservenfabrik, ist aber davon überzeugt, dass gutes Essen nicht aus einer Dose kommt, sondern frisch zubereitet wird, so wie sein Gebäck.

„ICH WILL BACKEN. DAS MACHT DIE LEUTE GLÜCKLICH.“

–Jacob Kowalski

OHNE VORURTEILE

Als Newt Jacob in seinen Koffer mitnimmt, um ihm die Kreaturen zu zeigen, ist Jacob überwältigt. Er ist jedoch aufgeschlossen und intelligent genug um zu akzeptieren, was er vor sich sieht.

HELDENMUT

Jacob, der sich plötzlich in einer fremden Welt voller Magie und unheimlicher Wesen wiederfindet, hat zwar manchmal Angst, läuft aber nie weg und gibt auch nicht auf. Nur ein ganz besonderer No-Maj stellt sich einem anstürmenden Erumpent in den Weg – vor allem zur Paarungszeit.

FÄHIGKEITEN

Jacob kann zwar nicht zaubern, besitzt dafür aber andere Fähigkeiten, die seinen neuen Freunden fehlen.

MEISTERBÄCKER

Ausgestattet mit den Rezepten seiner Großmutter und einer Prise geriebener Orangenschale ist Jacob Kowalski überzeugt, dass er die besten *Babka* und *Pączki* diesseits von Krakau backen kann. Leider will ihm der Bankmanager keine Chance geben.

KOCHKUNST

Jacob ist beeindruckt, dass Queenie seine Liebe zu außergewöhnlichen Koch- und Backrezepten teilt. Das ist jedoch nur eine der Qualitäten, die er an ihr bewundert.

HARTER KNOCHEN

Jacob mag harmlos wirken, aber das täuscht. Er kann einen Zauberer umhauen, wenn es sein muss – wie Newt am eigenen Leib erfahren musste.

HINTERGRUND

KRIEGSMÜDE

Jacob hat im Ersten Weltkrieg für die USA gekämpft. Nach Kriegsende blieb er noch weitere sechs Jahre in Europa, entschloss sich dann aber, nach Amerika zurückzukehren und ein neues Leben zu beginnen.

ZWEI KÖPFE ZU VIEL

Jacob ist nicht begeistert, als Newt ihm eine Runespoor zeigt. Im Gegensatz zu den sanften Mondkälbern kann er mit der dreiköpfigen Schlange nicht viel anfangen.

SCHWERE ZEITEN

Jacob wohnt in einem heruntergekommenen Mietshaus in der Lower East Side von New York. Seine Wohnung ist in einem so schlechten Zustand, dass er sie nur durchs Fenster betreten kann.

MR BINGLEY

Süßes Gebäck kann Mr Bingley, den Manager der Steen National Bank, nicht erweichen. Bei ihm entscheiden Profite und Produktivität über mögliche Geschäftskredite, und mit beidem kann Jacob nicht aufwarten.

AUFGELÖSTE VERLOBUNG

Als Jacob den Kredit für seine Bäckerei nicht bekommt, gibt ihm seine Verlobte Mildred den Ring zurück.

BEZIEHUNGEN

QUEENIE GOLDSTEIN

Die umwerfende blonde Hexe raubt Jacob den Atem. Dass Queenie auch an ihm interessiert ist, ist eine angenehme Überraschung, denn die meisten Frauen finden ihn wenig aufregend. Aber Queenie sieht hinter seine tölpelhafte Fassade.

NEWT SCAMANDER

Jacobs und Newts erste Begegnung verläuft nicht so gut, denn Jacob wirft Newt um und rennt mit dem falschen Lederkoffer davon. Doch die Jagd nach den Kreaturen, die aus Newts Koffer entkommen sind, verbindet die beiden Männer. Aus diesen ungewöhnlichen Umständen entsteht eine enge Freundschaft.

ENTSCHEIDENDE MOMENTE

VOM BIEST GEBISSEN

Nachdem er versehentlich Newts Koffer mitgenommen hat, findet Jacob darin nicht wie erwartet seine *Pączki*-Berliner, sondern eine Kreatur – Newts Murtlap. Das nagetierähnliche Wesen springt aus dem Koffer und beim darauffolgenden Kampf trägt Jacob eine Bisswunde am Hals davon. Sofort verteilt sich magisches Gift in seinen Adern.

PAARUNGSZEIT

Newts Plan, den entfleuchten Erumpent einzufangen, geht schief, als er den Großteil des Lockstoffs über Jacob verschüttet. Eigentlich sollte der Duft das Wesen wieder in Newts Koffer locken, doch stattdessen fühlt sich das Erumpent-Weibchen nun von Jacob angezogen und verfolgt ihn. Er rennt um sein Leben und flüchtet auf einen Baum.

LEICHT ZU DURCHSCHAUEN

Jacob ist ein Gentleman. Seine Gedanken enthüllen jedoch eine andere Seite an ihm – was Queenie zum Kichern bringt. Sie kann in Jacobs Gedanken lesen wie in einem offenen Buch, was er erstaunlich erfrischend findet.

MACUSA

DER MAGISCHE KONGRESS DER VEREINIGTEN STAATEN VON AMERIKA

ÜBERBLICK

NAME:
SERAPHINA PICQUERY

BERUF:
MACUSA-PRÄSIDENTIN

SCHULBILDUNG:
ILVERMORNY-SCHULE FÜR HEXEREI UND ZAUBEREI

UNERSCHÜTTERLICH

Die mächtige und majestätische Präsidentin Picquery beeindruckt jeden, dem sie eine Audienz vor dem Kongress gewährt.

AGICAL CONGRESS OF THE UNITED STATES OF AMERICA

KLEIDUNG & BESITZTÜMER

Präsidentin Picquery trägt prunkvolle Kleidung, wenn sie vor dem Kongress spricht.

KOPFPUTZ

Der goldene Kopfschmuck von Präsidentin Picquery blendet jeden, der zu ihr aufschaut.

ROBE

Das elegante schwarze Kleid ist mit Gold durchwirkt und zeigt ein Muster, das an Sonnenstrahlen erinnert.

PHILOSOPHIE

Präsidentin Picquerys Regierung ist geprägt durch einige Grundprinzipien.

GESETZ IST GESETZ

Die magischen Gesetze werden von Präsidentin Picquery streng befolgt. Wer sie bricht, muss entsprechend bestraft werden.

GEHEIMHALTUNG

Präsidentin Picquery ist es ein Anliegen, das magische Reich vor der No-Maj-Welt geheim zu halten.

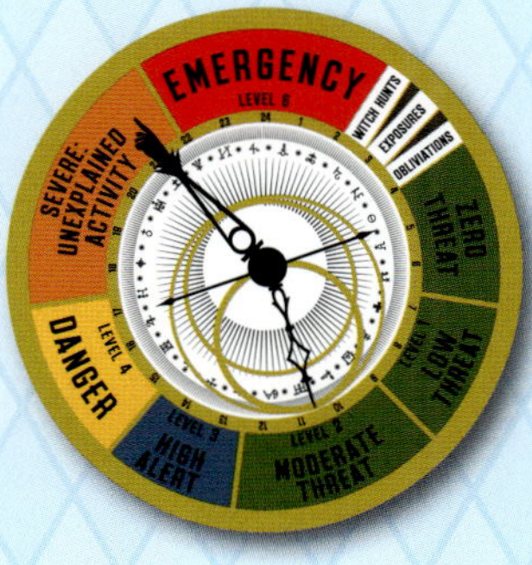

DEN FRIEDEN WAHREN

Wenn die Verwüstungen in New York nicht bald ein Ende haben, werden die No-Majs erkennen, dass etwas Übernatürliches in der Stadt sein Unwesen treibt. Und das würde die geheime Existenz der magischen Welt gefährden. Präsidentin Picquery tut alles, um das zu verhindern, denn ein Kampf zwischen Magiern und No-Majs wäre für beide Seiten verheerend.

VERTEIDIGUNGSLINIE

Für den Fall eines Krieges stehen Präsidentin Picquery erfahrene Hexen und Zauberer zur Seite, die einen No-Maj-Angriff abwehren und wenn nötig zurückschlagen können.

ÜBERBLICK

NAME:
PERCIVAL GRAVES

BERUF:
DIREKTOR DES MACUSA-SICHERHEITSDIENSTES

AUTORITÄTSFIGUR

Graves strahlt Autorität aus und scheint sich und seine Umgebung stets unter Kontrolle zu haben, auch wenn die Umstände noch so chaotisch sind.

„SIE SIND EIN INTERESSANTER MANN, MR SCAMANDER.
GENAU WIE IN IHREM KOFFER STECKT IN IHNEN OFFENBAR MEHR, ALS MAN AHNT.“

–Percival Graves

KLEIDUNG & BESITZTÜMER

Graves trägt maßgeschneiderte Kleidung. Auffällig ist, dass er für die meisten seiner Kleidungsstücke eine bestimmte Farbe bevorzugt: Schwarz.

MANTEL

Graves trägt einen langen dunklen Mantel mit weißen Biesen und Ärmeln.

WESTE

Graves knöpft seine schwarze Weste immer von oben bis unten zu.

HEMD

Ein weißes Hemd bildet einen Kontrast zu dem vielen Schwarz.

KRAWATTE

Die stramm unter dem Kragen sitzende schwarze Krawatte komplettiert das Outfit des Zauberers. Bei genauerem Hinsehen fällt auf, dass Graves zwei Anstecknadeln in Form von Skorpionen am Revers trägt, die sein furchteinflößendes Äußeres abrunden.

STIEFEL

Die spiegelblank polierten schwarzen Lederstiefel scheinen niemals schmutzig zu werden.

HEILIGTÜMER-KETTE

Der Anhänger ist ein Dreieck mit einem Kreis und einem senkrechten Strich – das Symbol der Heiligtümer des Todes.

PHILOSOPHIE

WAHRHEITSERMITTLER

Graves braucht nicht viele Fragen zu stellen, um Antworten zu bekommen. Sein bohrender Blick und seine Menschenkenntnis machen ihn zu einem Verhörspezialisten.

AUF DER JAGD

Graves glaubt, dass er die von ihm angestrebte Macht in einem bestimmten Kind mit unglaublichen magischen Fähigkeiten findet. Seinen Visionen zufolge befindet sich das Kind im Umfeld von Mary Lou Barebone, der Anführerin der PGNS. Graves kontaktiert Mary Lous Sohn Credence, weil er hofft, dass dieser die geheime Identität des Kindes aufdecken kann.

„ES GIBT KEINEN GRUND, SICH ZU VERSTECKEN ODER SICH ZU SCHÄMEN. WIR SIND GLEICH. WIR MÜSSEN BEIDE VERBERGEN, WAS WIR WOLLEN UND WER WIR SIND."

–Percival Graves

GELÜFTETE GEHEIMNISSE

Graves manipuliert andere, um seine Ziele zu erreichen. Als er Newt verhört, erwähnt er dessen Verweis von Hogwarts, um Newt in Verlegenheit zu bringen. Auf diese Weise will Graves das Kräfteverhältnis zu seinen Gunsten verschieben.

BÖSER VORWURF

Graves beschuldigt Newt, von Albus Dumbledore, dem bekannten Zauberer und Professor in Hogwarts, nach New York geschickt worden zu sein. Graves behauptet, dass Newt seine Kreaturen absichtlich freigelassen hat, um die Zaubererwelt zu enttarnen und einen Krieg zwischen der magischen und der nicht-magischen Welt zu entfachen.

HINTERGRUND

SCHWER DURCHSCHAUBAR

Die Zauberergemeinde vertraut Graves, was er zu seinem Vorteil nutzt. Er manipuliert seine Gegner und nimmt sich, was er braucht.

AUF DER SUCHE

Graves weiß, dass Mary Lou dem gesuchten Kind nahesteht, deshalb sichert er sich die Hilfe ihres Adoptivsohns Credence. Graves hält ihn für einen Squib, eine Person ohne magische Fähigkeiten, die aber mindestens ein magisches Elternteil hat.

„ICH KANN DIR NUR SAGEN, DASS DAS KIND NICHT ÄLTER IST ALS ZEHN UND DASS ES SICH IN UNMITTELBARER NÄHE DEINER MUTTER BEFINDET.“

–Percival Graves

ZWEI GESICHTER

Graves beschuldigt Newt, die Zaubererwelt absichtlich bloßstellen zu wollen. Doch er selbst gesteht Credence, dass er seine Magie nicht für immer im Verborgenen ausüben will.

BEZIEHUNGEN

SERAPHINA PICQUERY

Die MACUSA-Präsidentin verlässt sich auf Graves' Rat und seine Fähigkeiten. Er hat sich sowohl für Picquery als auch für die gesamte Organisation unentbehrlich gemacht.

NEWT SCAMANDER

Graves verdächtigt Newt von Anfang an wegen dessen Verbindung zu Albus Dumbledore. Graves misstraut Dumbledore und ist sicher, dass der große Zauberer Newt aus einem bestimmten Grund nach New York geschickt hat.

CREDENCE BAREBONE

Graves betrachtet Credence als Werkzeug, das er für seine Intrigen in der magischen Welt nutzen kann.

ALBUS DUMBLEDORE

Wie bei Newts Verhör deutlich wird, weiß Graves, dass sich Dumbledore gegen Newts Schulverweis ausgesprochen hat. Graves lässt keinen Zweifel daran, wie fragwürdig er Dumbledores Motive findet.

ENTSCHEIDENDE MOMENTE

STILLER BEOBACHTER

Verborgen zwischen Journalisten und Fotografen sieht Graves mit eigenen Augen, wie der Obscurus eine Straße in Schutt und Asche legt.

UNSTILLBARE NEUGIER

Bevor Newt und Tina hingerichtet werden sollen, sucht Graves sie in ihrer Zelle auf, um mehr über den Obscurus zu erfahren, der New York verwüstet.

MAGISCHER AUGENBLICK

Bei einem heimlichen Treffen mit Credence in einem Restaurant verwandelt Graves eine normale verwelkte Nelke in ein Periculid, eine wunderschöne, aber tödliche magische Blume.

DIE INTERNATIONALE ZAUBERERVEREINIGUNG

MACUSA-Vertreter und Delegierte der Internationalen Zauberervereinigung diskutieren im Pentagramm-Saal mit Präsidentin Picquery über Angelegenheiten von internationaler Bedeutung.

„DIE INTERNATIONALE ZAUBERERVEREINIGUNG WILL EINE DELEGATION SCHICKEN. SIE GLAUBEN, ES GIBT EINEN ZUSAMMENHANG MIT GRINDELWALDS ANGRIFFEN IN EUROPA."

– Präsidentin Picquery

UNTERSUCHUNG DES KOMITEES

Die internationalen Delegierten hören gespannt zu, wie Präsidentin Picquery Newt Scamander verhört. Doch keiner verteidigt den Magizoologen oder stimmt ihm zu, dass ein Obscurus für die ungewöhnlichen Vorkommnisse in New York verantwortlich ist und nicht seine entlaufenen Kreaturen.

MACUSA-MITARBEITER

NAME: RANJIT
BERUF: MACUSA-AUROR

Ranjit ist einer von Präsidentin Picquerys handverlesenen Ermittlern. Sie beauftragt ihn damit, die Ursache für das Chaos in der Stadt herauszufinden.

NAME: RED DER ZWERG
BERUF: MACUSA-LIFTBOY

Red verdankt seinen Namen seinem borstigen roten Haar und dem roten Bart. Er bedient den Aufzug im MACUSA und befördert Zauberer und Hexen ans gewünschte Ziel. Trotz seiner geringen Größe hat er kein Problem mit der Bedienung, denn er drückt die Knöpfe, die er nicht per Hand erreichen kann, mit einem Klauenstab.

NAME: BERYL
BERUF: MACUSA-ANGESTELLTE

Beryl findet, dass es viel mehr Spaß macht, das Leben von Hexen und Zauberern zu verfolgen, als selbst Hexe zu sein. Deshalb sitzt sie fast immer im Keller, wo sie sich vor der Arbeit drückt und Zeitschriften liest.

NAME: ABERNATHY
BERUF: ABTEILUNGSLEITER DES MACUSA-AMTS FÜR ZAUBERSTABZULASSUNG

Obwohl er etwa im gleichen Alter ist wie Tina Goldstein, und jünger als einige der anderen Mitarbeiter, besteht Abernathy darauf, dass ihn seine Untergebenen mit „Sir“ anreden.

NAME: SAM
BERUF: MACUSA-AMNÄSIERER

Sam ist Amnäsierer, doch er vergisst nur zu gern die Arbeit. Viel lieber führt er Hexen in sein privates Separee im Versengten Drachen. Mit seinem hübschen Gesicht bezirzt er diejenigen, deren Herzen er später brechen wird.

MACUSA-ABTEILUNGEN

Zum MACUSA gehören viele verschiedene Abteilungen von Hexen und Zauberern.

AUROREN

Die Auroren sind der verlängerte Arm des MACUSA. Sie ermitteln in Fällen von dunkler Magie und bringen die Schuldigen vor den Kongress, wo sie zur Rechenschaft gezogen werden.

VOLLSTRECKER

Die Vollstrecker unterstehen dem Kongress und richten Hexen oder Zauberer hin, die schwere Verbrechen begangen haben.

AMNÄSIERER

Amnäsierer sorgen dafür, dass die Zaubererwelt geheim bleibt. Sie löschen die Erinnerungen von No-Majs, die magische Vorgänge beobachtet haben, und von abtrünnigen Zauberern.

EXTERMINATOREN

Exterminatoren sind die Kampftruppe des MACUSA und immer einsatzbereit. Ihre Aufgabe ist die Verfolgung von wilden Kreaturen und korrupten Zauberern.

HEILER

Wenn einfache Medizin und Heiltränke nicht ausreichen, können sich Hexen und Zauberer an die MACUSA-Heiler wenden, die sich hervorragend mit Heilzaubern auskennen.

DIE ZWEITEN SALEMER

NO
VITCHCRAFT
IN
AMERICA
N.S.P.S
VITCHES

ÜBERBLICK

NAME:
MARY LOU BAREBONE

BERUF:
PGNS-ANFÜHRERIN

SCHLICHT UND EINFACH

Mary Lou ist eine harte Frau, die nur schlichte Kleidung trägt und sich jegliche Annehmlichkeit versagt – alles für den guten Zweck.

PGNS

Mary Lou ist die Vorsitzende der Philanthropischen Gesellschaft von New Salem, deren Hauptziel ein „neues Salem" ist, also eine Wiederholung der Hexenprozesse. Sie will diejenigen, die in ihrer Mitte leben und ihre magischen Kräfte verbergen, aufspüren – und auslöschen.

MUTTERROLLE

Mary Lou Barebone hat drei Waisen adoptiert – Credence, Chastity und Modesty – und unterstützt in ihrer Kirche noch unzählige weitere Kinder. Diese Gutmütigkeit hat jedoch einen Preis: Die Kinder müssen die PGNS-Botschaft in der ganzen Stadt verbreiten.

„HÖRT AUF MICH, FREUNDE, UND LACHT, WENN IHR ES WAGT: HEXEN LEBEN UNTER UNS!"

– Mary Lou Barebone

ÜBERBLICK

NAME:
CREDENCE BAREBONE

BERUF:
PGNS-GEHILFE

FLUGBLATTVERTEILER

Credence ist täglich in der Stadt unterwegs und verteilt PGNS-Flugblätter. Er hat aber noch einen anderen Job. Er hilft Graves heimlich bei der Suche nach einem mysteriösen Kind mit besonderen Fähigkeiten.

STRENGE BESTRAFUNG

Mary Lou hat den Verdacht, dass ihr Sohn ihr nicht immer die Wahrheit darüber sagt, wo er sich herumgetrieben hat. Sie greift zu drastischen Strafen, um die Kontrolle über ihn zu behalten.

EIN BESONDERER JUNGE

Mary Lou erzählt Credence, seine leibliche Mutter wäre eine „verdorbene und unnatürliche“ Person gewesen, und deutet damit an, dass das auf ihn ebenfalls zutrifft. Senator Shaw bezeichnet Credence als „Freakshow“. Nur Graves akzeptiert ihn wie er ist und erkennt sein Potenzial.

ÜBERBLICK

NAME:
CHASTITY BAREBONE

BERUF:
PGNS-GEHILFIN

REINES HERZ

Chastity folgt dem Beispiel ihrer Adoptivmutter und verweigert sich allem, was sie vom rechten Weg abbringen könnte. Doch trotz ihres strengen Äußeren ist Chastity eine liebe und mitfühlende Person, die sich sehr um andere sorgt.

LOYALE TOCHTER

Eine von Chastitys Hauptaufgaben ist das Verteilen von Haferbrei an die vielen Kinder, die für Almosen in die PGNS-Kirche kommen.

ÜBERBLICK

NAME:
MODESTY BAREBONE

BERUF:
PGNS-GEHILFIN

KINDLICHE NEUGIER

Modesty weiß genau, was ihre strenge Mutter Mary Lou erlaubt und was nicht. Aber manchmal verspürt sie den Drang, etwas Verbotenes zu tun, zum Beispiel, als sie sich einen Spielzeug-Zauberstab ausborgt, um heimlich damit zu spielen.

DIE FAMILIE SHAW

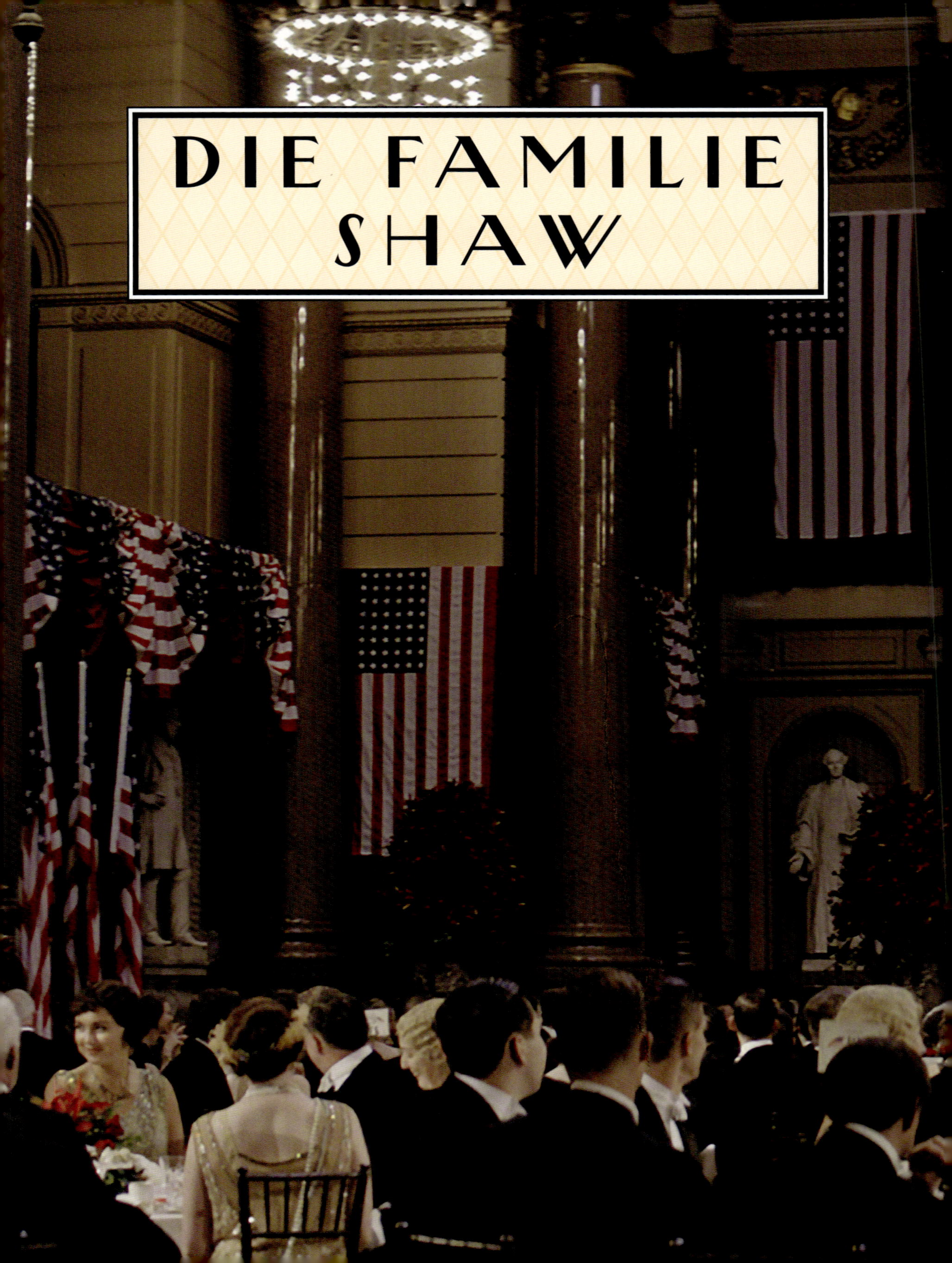

SHAW
AMERICA'S FUTURE

ÜBERBLICK

NAME:
HENRY SHAW SR.

BERUF:
ZEITUNGSMOGUL UND PRÄSIDENT VON SHAW ENTERPRISES

SHAW ENTERPRISES

In den Shaw Towers in Manhattan führt Henry Shaw Senior sein Medienimperium Shaw Enterprises. Mit seinen wichtigsten Zeitungen – dem *New York Clarion*, dem *Washington Enquirer* und dem *Massachusetts Herald* – kann er Millionen von Lesern beeinflussen.

FESTLICHES DINNER

Als sein Sohn – der auch seinen Namen trägt – ein Dinner veranstaltet, um Spenden für seine Wiederwahl zu sammeln, wird er von Henry Shaw Senior natürlich unterstützt.

ÜBERBLICK

NAME:
SENATOR HENRY SHAW JR.

BERUF:
SENATOR DER VEREINIGTEN STAATEN

BERUFSPOLITIKER

Der aalglatte Henry Shaw Junior ist der vollendete Politiker, stets bereit, jeden auf seine Seite zu ziehen.

GOLDJUNGE

Henry Shaw Junior ist der ältere der Shaw-Brüder und auch der erfolgreichere – zumindest in den Augen des Vaters. Vater und Sohn verbindet die Liebe zur Macht und eine kompromisslose Arbeitsmoral.

ÜBERBLICK

NAME:
LANGDON SHAW

BERUF:
UNBEKANNT

BÜRGER ZWEITER KLASSE

Keiner der Shaws beachtet Langdon, der eifersüchtig auf die enge Beziehung zwischen seinem Vater und seinem Bruder ist. Um ebenfalls Beachtung zu finden, bringt er Mitglieder der PGNS in die Suite seines Vaters in den Shaw Towers. Er glaubt, dass über deren Anliegen berichtet werden müsse, aber sein Vater empfindet dies nur als enttäuschende Zeitverschwendung.

„DIESE VERRÜCKTEN EREIGNISSE IN DER U-BAHN – SIEH DIR DIE BILDER AN! VERSTEHST DU NICHT? ES IST GENAUSO, WIE ES DIE AUGENZEUGEN BESCHRIEBEN HABEN!“

– Langdon Shaw

THE
BLIND PIG

ÜBERBLICK

NAME:
GNARLAK

BERUF:
BESITZER VOM BLINDEN SCHWEIN

GEWIEFT

Gnarlak weiß, was auf beiden Seiten des Gesetzes vorgeht. Informationen sind seine eigentliche Ware, und wenn der Preis stimmt, ist Gnarlak eine verlässliche Quelle.

EIN AUGE ZUGEDRÜCKT

Die Gäste besuchen das Blinde Schwein nicht nur zum Trinken. Viele Hexen und Zauberer kommen auch, um Karten zu spielen und verbotenerweise Geld und magische Artefakte zu verwetten. Gnarlak weiß natürlich, was in seinem Lokal vorgeht, und nutzt dieses Wissen zu seinem Vorteil.

„AUF IHREN KOPF IST EINE HOHE BELOHNUNG AUSGESETZT, MR SCAMANDER. WIESO SOLLTE ICH IHNEN HELFEN ANSTATT SIE AUSZULIEFERN?"

– Gnarlak

ZUM BLINDEN SCHWEIN

Die Spelunke wird von zwielichtigen Hexen und Zauberern mit einzigartigen Begabungen besucht, unter denen viele Gesetzlose sind. Sie alle mögen das Giggelwasser und die Musik, die das Blinde Schwein zu bieten hat.

DER OBSCURUS

SHAW
AMERICA'S FUTURE

ENCHANTED DISPATCHES TO THE AMERICAN WIZARD

THE NEW YORK GHOST

VOL. LXIII NO. 190871 - DAILY | MONDAY 6TH DECEMBER 1926 | PRICE 0.03 DRAGOTS

★ SUNSET ★ FINAL EDITION
LAST MINUTE UPDATES

WEATHER
High 25.0°F / Low 10.0°F
Rainfall - 0.9in
011 022 028 016 02 012 04

BOOK of the WEEK
The Flap of the Cape
by Abigail R. Cankus
sample chapter - pg 16

• WEST COAST •
SUPPLEMENT
EVERY THURSDAY

MOON & SUN ASPECTS
1 2 3 4

THE NEW YORK GHOST
SUBSCRIPTION
12 months
5 Dragots
Details PG 3
Delivered by Owl
MADE U.S.A.

MAGICAL DISTURBANCES RISK WIZARDING EXPOSURE

MACUSA ON MAXIMUM ALERT - FULL REPORT PG.13

THE MACUSA INDEX OF MAGICAL EXPOSURE THREAT – No.50.26

Data provided by the Surveillance Dept.

L M I H D E

DANGER

L. LOW THREAT, M. MODERATE THREAT, I. IMMINENT THREAT, H. HIGH ALERT, D. DANGER, E. EMERGENCY.

PRESIDENT SERAPHINA PICQUERY TO ADDRESS FEARFUL AMERICAN WIZARDING COMMUNITY

Thousands of letters will be dispatched across America from tomorrow. Owls on stand by.

by E.L. Filbus

MACUSA HEADQUARTERS – NYC,

CONTINUE PAGE 4 – COLUMN 7 AND 8

CULTURE

SECTION 4 – PAGE 7 AND 8

WIZZJAZZ TAKES NEW YORK BY STORM

Music - page 7 1/2

Revered tome "Big Foot Last Stand" gets Wizard Broadway adaptation

W. Lomus reports

SPORTS

SECTION 4 – PAGE 7 AND 8

WIZARDS INTRIGUED YET FASCINATED BY NO-MAJ "BASEBALL"

E. Lambini investigates

Fitchburg Finches scores high at the USA Quidditch League

Quidditch Corner - pg 7

WIZBIZ

SECTION 3 – PAGE 13

Dragots value hit by low potions exports

by M. Carneirus

GELLERT GRINDELWALD INTERNATIONAL WIZARD HUNT INTENSIFIES

NEW YORK, PARIS, LONDON AND CASABLANCA,

CONTINUE PAGE 3 – COLUMN 6 AND 7

• International Confederation of Wizards called for emergency meeting. Pgs 15 / 17

NEW YORK CITY,

CONTINUE PAGE 3 – COLUMN 6

Suspicious Wizards questioned by MACUSA officials

by R. Palombus

MACUSA HEADQUARTERS – NYC,

CONTINUE PAGE 7 – COLUMN 1 AND 2

What is this perplexing sinister aura?

KOREAN MASTER AUROLOGISTS DRAFTED IN FOR CONJECTURE

by C. Williamsum

NEW YORK AND SEOUL,

CONTINUE PAGE 7 – COLUMN 1 AND 2

HUNDREDS OF FORGED WAND PERMITS INTERCEPTED. A CONNECTION WITH CURRENT UNEXPLAINABLE EVENTS?

Editor's Comment

EDITORIAL – PAGE 2 – COLUMN 6B

THE MIDWEST ASSOCIATION OF WARLOCKS & WITCHES QUESTIONING MACUSA'S DEFENSE EFFORTS

CHICAGO, ILLINOIS,

INTERNAL AFFAIRS SECTION – COLUMN 4C

EDITORIAL

by E.L. Filbus

CONTINUE PAGE 2 – COLUMN 1A

"WITCHES LIVE AMONG US!"

No-Majes consider Second Salamers' claim.

Further threat to wizarding secrecy?

by M. P. Nettum

CONTINUE PAGE 7 – COLUMN 12 AND 14

No-Maj Holiday Season threatened by mysterious explosions. Panic soars.

by M. L. Miraphorum

NO-MAJ BURBAC – NEW JERSEY,

NO-MAJ SECTION – COLUMN 4C

ÜBERBLICK

GEHEIMNISVOLLE EREIGNISSE

Der Obscurus offenbart sich in erster Linie durch Zerstörung. Manche No-Majs tun das als „atmosphärische Störung“ oder eine Art elektrischen Sturm ab. Aber diejenigen, die dem Obscurus tatsächlich begegnet sind, beschreiben ihn als eine fauchende dunkle Wolke mit Augen.

ERDBEBEN

Auf seinem Weg durch die Straßen rüttelt der Obscurus an Gullydeckeln, zerbricht Fensterscheiben, wirft Laternenpfähle um und lässt Fußgänger durch die Gegend fliegen. Er verursacht immense Schäden in der Stadt.

SPENDEN-CHAOS

Die Spendensammlung von Senator Shaw geht schrecklich schief, als der Obscurus hereingestürmt kommt.

ZEUGE: „UND ES WAR WIE ...“

REPORTER: „WIE EIN WIND ODER WIE EIN ...“

ZEUGE: „WIE EIN GEIST, ABER DUNKEL ... UND ICH HABE SEINE AUGEN GESEHEN. GLÄNZENDE WEISSE AUGEN.“

HINTERGRUND

MACHTKAMPF

Während der Hexenverfolgung der vergangenen Jahrhunderte haben junge Hexen und Zauberer manchmal versucht, ihre Magie zu unterdrücken, um der Hinrichtung zu entgehen. Die ungenutzte Energie erzeugte dann eine instabile, unkontrollierbare dunkle Macht in den Kindern, die ihnen die Lebenskraft entzog, bis sie schließlich starben.

KURZE LEBENSERWARTUNG

Ein Obscurus verbraucht so viel Energie, dass das Wirtskind gewöhnlich nicht älter als zehn Jahre wird.

TOTALE KONTROLLE

Präsidentin Picquery und die Internationale Zauberervereinigung können sich nicht vorstellen, dass es einen Obscurus in Amerika – oder anderswo – gibt.

EINGESPERRT

Newt weiß, dass Obscuri immer noch existieren. Erst vor kurzem hat er im Sudan ein junges Mädchen gefunden, das von seinem Stamm weggesperrt worden war, weil es Anzeichen von Magie gezeigt hatte. Der Obscurus hatte es übernommen, saugte ihm die Kraft aus und drohte es zu töten. Kurz bevor das Kind starb, gelang es Newt, den Obscurus von dem Mädchen zu trennen. Er sperrte ihn in einen glänzenden schwarzen Kasten und verstaute ihn in seinem Koffer, um ihn später zu studieren. Newt beteuert, dass der Obscurus ohne ein Wirtskind vollkommen harmlos ist.

BONUS-MATERIAL

DIE KUNST VON

PHANTASTISCHE TIERWESEN
UND WO SIE ZU FINDEN SIND™

NEWT SCAMANDER
MAGIZOOLOGIST

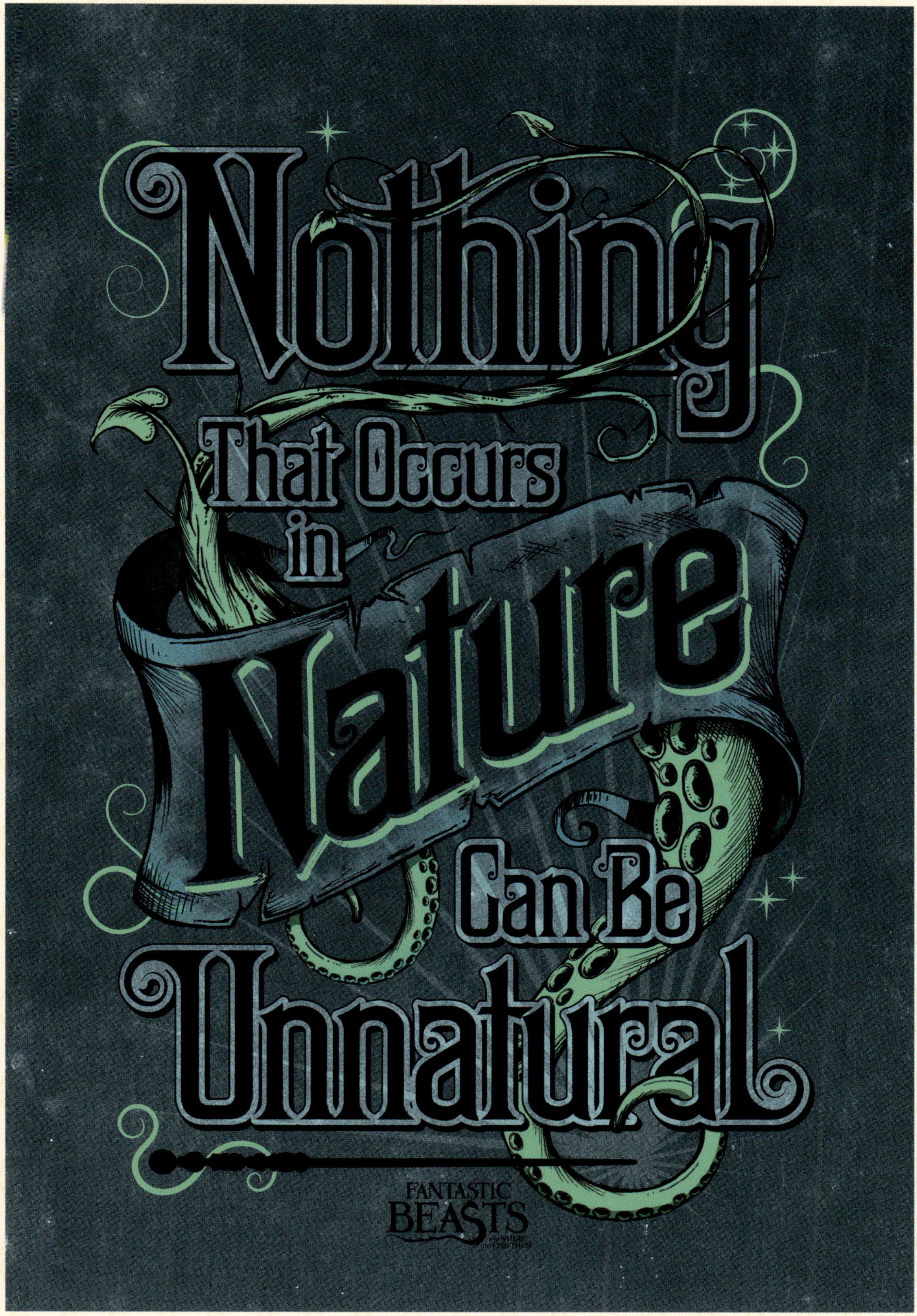
Nothing
That Occurs
in
Nature
Can Be
Unnatural
FANTASTIC
BEASTS

FANTASTIC BEASTS
AND WHERE TO FIND THEM
PORPENTINA GOLDSTEIN

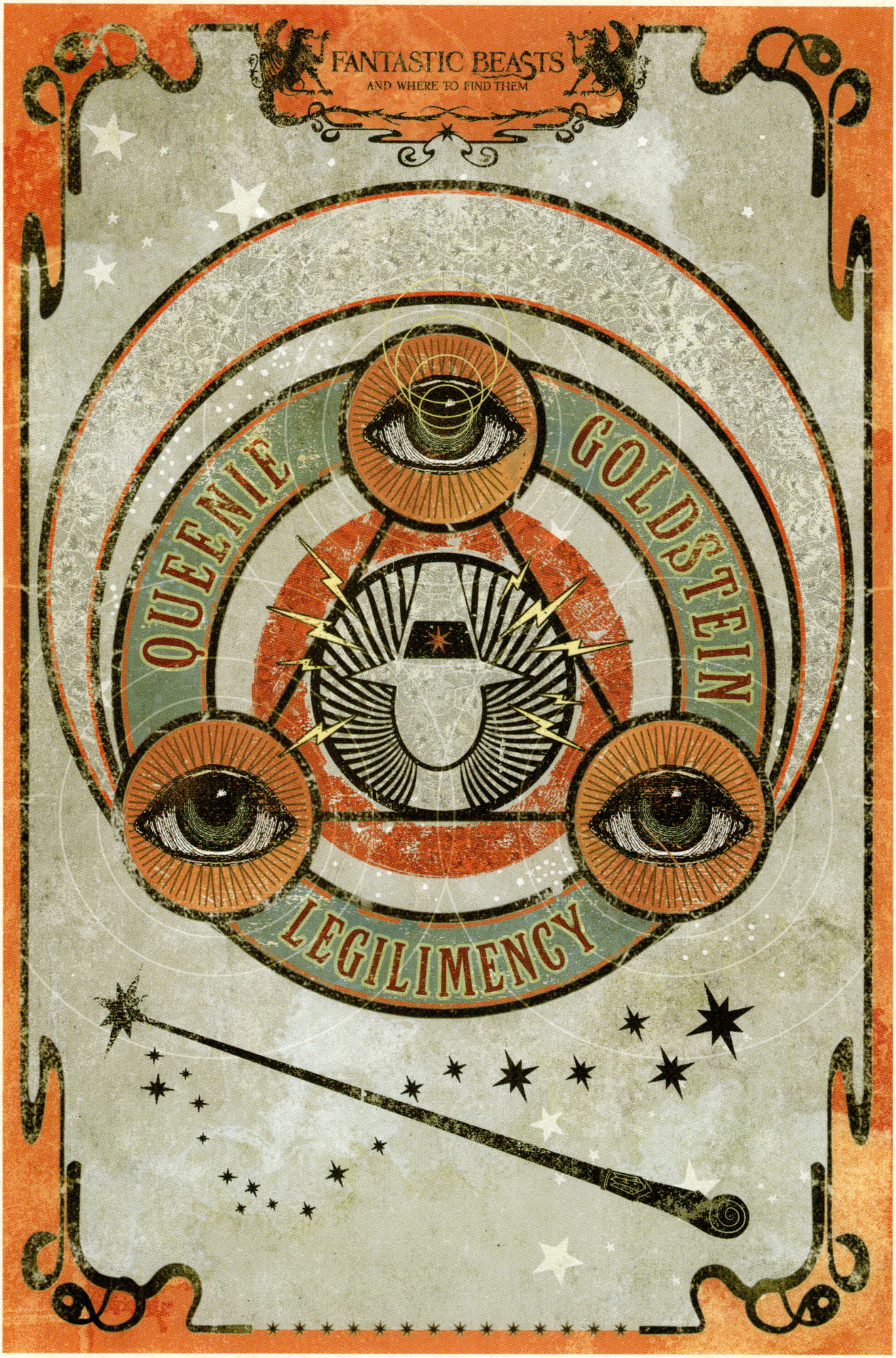
FANTASTIC BEASTS
AND WHERE TO FIND THEM
QUEENIE GOLDSTEIN
LEGILIMENCY

PERCIVAL GRAVES
FANTASTIC BEASTS
AND WHERE TO FIND THEM

JACOB KOWALSKI
FANTASTIC BEASTS
AND WHERE TO FIND THEM
NOMAJ NOMAJ NOMAJ NOMAJ NOMAJ NOMAJ NOMAJ NOMAJ NOMAJ NOMAJ NOMAJ NOMAJ
KOWALSKI

SWOOPING EVIL

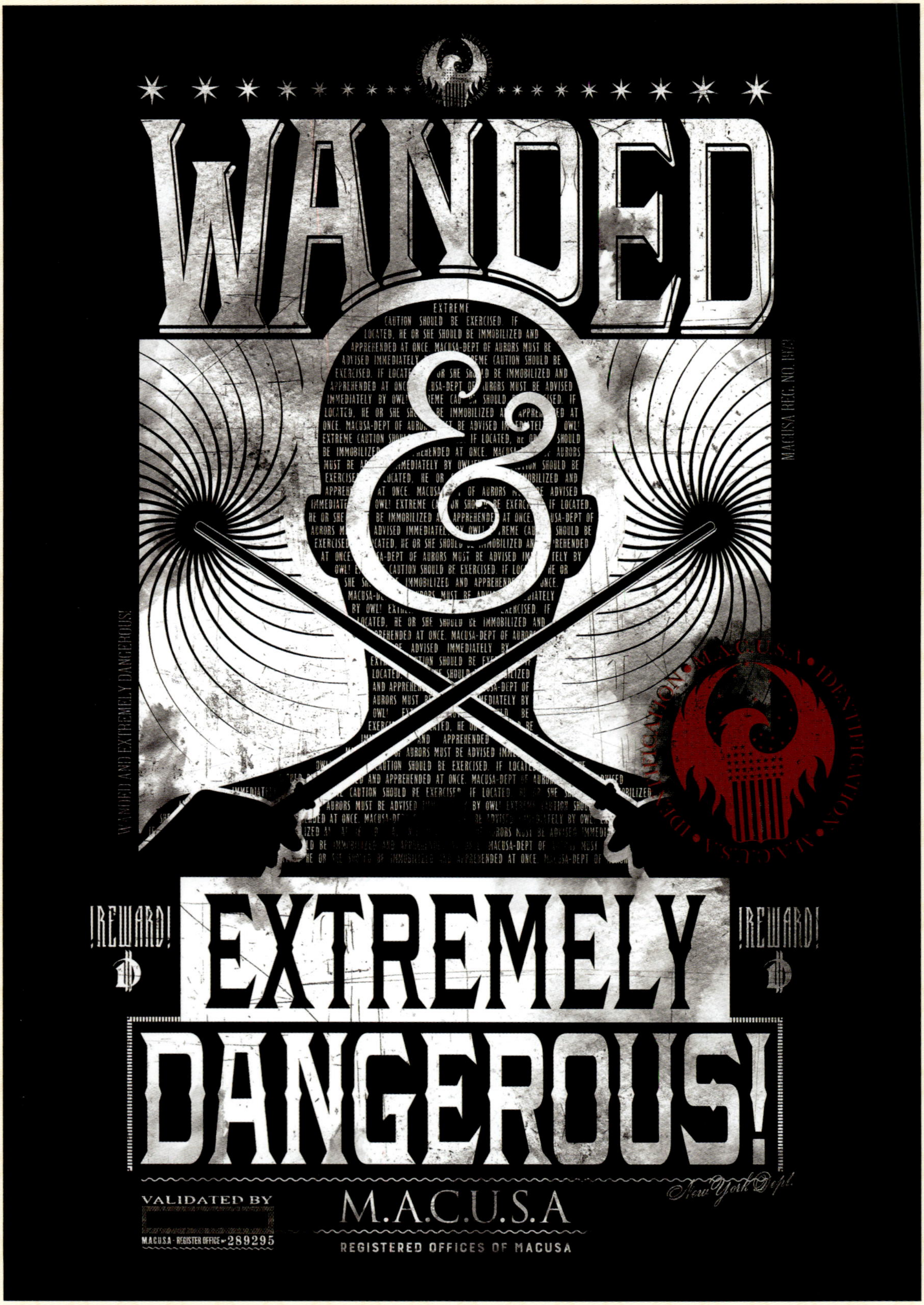
WANDED
&
EXTREME CAUTION SHOULD BE EXERCISED. IF LOCATED, HE OR SHE SHOULD BE IMMOBILIZED AND APPREHENDED AT ONCE. MACUSA-DEPT OF AURORS MUST BE ADVISED IMMEDIATELY BY OWL!
WANDED AND EXTREMELY DANGEROUS!
M.A.C.U.S.A • IDENTIFICATION •
!REWARD!
!REWARD!
EXTREMELY
DANGEROUS!
New York Dept.
VALIDATED BY
M.A.C.U.S.A - REGISTER OFFICE № 289295
M.A.C.U.S.A
REGISTERED OFFICES OF MACUSA

YOU
CURSE
IT,
YOU
CURE
IT!

MAGIZOOLOGIST
NEWT
SCAMANDER

240274
PORPENTINA
GOLDSTEIN
MACUSA

QUEENIE GOLDSTEIN
LEGILIMENS
QUEENIE
GOLDSTEIN

NO-MAJ
JACOB KOWALSKI
NEW YORK

FANTASTIC
BEASTS
AND WHERE
TO FIND THEM™